콩 과자는 맛있어!

SEOUL, 2017

콩 과자는 맛있어!

초판 제1쇄 발행일 2017년 12월 25일
초판 제5쇄 발행일 2022년 3월 20일
글 김정옥 그림 이지은
발행인 박헌용, 윤호권 발행처 (주)시공사
주소 서울시 성동구 상원1길 22 전화 문의 02-2046-2800
홈페이지 www.sigongsa.com/www.sigongjunior.com

글 ⓒ 김정옥, 2017 | 그림 ⓒ 이지은, 2017

ISBN 978-89-527-8622-7 74810
ISBN 978-89-527-5579-7 (세트)

*시공사는 시공간을 넘는 무한한 콘텐츠 세상을 만듭니다.
*시공사는 더 나은 내일을 함께 만들 여러분의 소중한 의견을 기다립니다.
*잘못 만들어진 책은 구입하신 곳에서 바꾸어 드립니다.

KC마크는 이 제품이 공통안전기준에 적합하였음을 의미합니다.
제조국 : 대한민국 사용 연령 : 8세 이상
책장에 손이 베이지 않게, 모서리에 다치지 않게 주의하세요.

콩 과자는 맛있어!

김정옥 글 · 이지은 그림

시공주니어

해리의 귀여운 소동에 함께 빠져 볼까요?

어느 날, 다섯 살 난 아이가 우리 집에 놀러 왔어요.

아이는 우리 강아지랑 노는 걸 아주 좋아했지요. 강아지도 아이를 무척 따랐어요. 아이는 강아지와 함께 공놀이하며 이리 뛰고 저리 뛰며 놀았어요. 얼마나 신이 났는지 땀이 뻘뻘 흐르는지도 모르면서요.

그러다 시끌벅적하던 집 안이 갑자기 조용해졌어요. 무슨 일일까, 하고 아이와 강아지를 살폈지요. 그런데 글쎄, 강아지 밥그릇 앞에 둘이 쪼그리고 앉아 있지 뭐예요.

아이는 사료 한 알을 강아지 입에 넣어 주고, 다른 한 알은 제 입에 쏙 넣고는 오도독거리며 나누어 먹었어요. 그러더니 몸을 납작 엎드려 강아지 흉내를 내는 거예요. 아이는 곰 인형을 입으로 앙 물더니 마구 흔들었어요. 살금살금 기어가 강아지가 갖고 노는 공을 입으로 낚아챘어요. 강아지가 꼬리를 물 듯이 뱅글뱅글 돌면 따라 돌았어요. 둘이 어찌나 즐겁게

놀던지 저도 덩달아 가슴이 콩닥거리며 흥겨웠어요. 아이와
강아지를 보며 재미있는 이야기로 써야겠다고 생각했지요.

　요즘은 아빠와 엄마, 아이들만 단출하게 사는 집들이 대부
분이지요? 이야기 속 해리네도 역시 마찬가지예요. 느닷없이
또할머니와 함께 살게 된 해리는 마냥 불편하고 어색해하지
요. 그러다 해리에게 생각지도 못한 소동이 벌어지고, 그러면
서 또할머니를 차츰 이해하게 된답니다.
　자, 해리가 어떤 일들을 겪게 될지 벌써 궁금하지 않나요?
　상상의 날개를 쫙 펴고 자유롭게 날면서 신나는 이야기 속
으로 풍덩 빠지길 바랄게요.

　　　　　　　　　　　　　　　　　　　　　김정옥

차례

1. 아침마다 전장

"해리야, 시계 잘 보고 있어! 작은바늘이
숫자 9에 가면 유치원 가야 돼!"
　엄마가 스타킹을 신으며 바쁜
목소리로 말했어요.
"나도 알아."
　해리가 화장실에서 세수하고
나오면서 대답했어요. 수건으로

얼굴을 얼마나 박박 문질렀는지 코가 빨갰어요.

"여보, 해리 밥 좀 꼭 챙겨 줘."

엄마가 한 손에는 가방을, 다른 한 손에는
휴대 전화를 들고 또할머니 방문을 열었어요.
또할머니는 이부자리에 누운 채 눈을 가늘게
떴어요.

"할머니, 다녀오겠습니다."

"밥 줘!"

또할머니 목소리가 불쑥 튀어나왔어요. 엄마는
휴대 전화로 시간을 확인하더니 아주 잠깐
머뭇거렸어요.

"죄송해요, 할머니. 제가 늦어서요. 어머님 곧
오실 거예요."

엄마는 구두를 신으며 해리 볼에 뽀뽀하고는
서둘러 나갔어요.

해리의 할머니는 바로 옆집에 살아요. 조금

있다가 해리 집에 올 거예요. 또할머니는
할머니의 엄마, 그러니까 아빠의 외할머니인데,
며칠만 해리 집에서 지내다 갈 거래요.

"순희야!"

또할머니 목소리가 쩌렁쩌렁 울렸어요.

"쑤니 없어요오!"

해리가 방문을 벌컥 열고 또할머니를 따라
목소리를 높였어요. 다시 방문을 닫으려는데,
뚱자가 촐싹거리며 방 안으로 뛰어 들어갔어요.
깜짝 놀란 해리는 뚱자를 잡으려고 얼른 뒤쫓아
갔어요.

"이눔의 개 새끼, 저리 꺼져!"

눈이 동그래진 또할머니가 손을 이리저리 마구
저었어요.

뚱자는 또할머니 이불 속에서 인형을 물고
느릿느릿 걸어 나왔어요. 고개를 빳빳이 쳐들고

말이죠.

"어미야! 저것들이 우리 순영이 델꼬 간다!"

또할머니 목소리가 얼마나 큰지 천장이 풀썩
내려앉을 것 같았어요.

뚱자는 해리 앞에 인형을 떡하니 갖다
놓았어요.

"이거 내 거잖아요!"

해리는 인형을 안고 눈을
매섭게 치떴어요.

발도 쿵쿵 굴렀어요. 한두 번 있는 일이
아니었거든요.

　"어여 데리고 와!"

　또할머니가 소리를 빽 질렀어요.

"흥, 이건 내 거예요. 우리 아빠가 사 준 내 인형이란 말이에요!"

해리가 콧바람을 풍풍 뿜으며 식식댔어요.

뚱자는 여전히 턱을 바짝 치켜들고 앉아 있었어요. 아주 큰 일을 해냈다고 뽐내는 것 같았어요. 해리는 북슬북슬한 뚱자의 등을 살살 쓸어 주었지요.

"순영이 내놔!"

또할머니가 또 고함을 질렀어요.

"너 자꾸 또할머니 괴롭힐 거야?"

아빠가 다가와 눈을 부릅뜨더니, 눈썹까지 꿈틀댔어요. 단단히 화가 난 표정이었어요.

"또할머니 집에 가라고 해!"

해리가 입술을 비죽거렸어요.

"또할머니 아프시다고 말했잖아."

아빠 표정이 한결 부드러워졌어요.

"자꾸 내 인형 가져가는 거 싫어. 이건 내
거잖아."

해리는 인형을 내보이며 울음을 꿀꺽 삼켰어요.

"또할머니는⋯⋯."

아빠는 해리를 무릎에 앉혔어요.

"알아, 또할머니 머릿속 생각들이 막 뒤죽박죽
엉켜서 그런 거."

해리가 아빠 무릎에서 발딱 일어서며
덧붙였어요.

"그래도 내 인형은 안 돼!"

해리가 고개를 저었어요.

"인형을 하나 더
사든 해야지, 도저히
안 되겠다."

아빠가 한숨을
쉬며 시계를

보았어요.

"이리 와 앉아. 빨리 밥 먹자."

아빠는 수북한 공깃밥을 소고기 뭇국에 풍덩 쏟아붓더니 후루룩거리며 단숨에 삼켰어요. 그러고는 깍두기 세 개를 한꺼번에 입에 넣고 우적우적 씹었어요.

"맛있다, 얼른 먹어."

아빠는 깍두기 통을 해리 앞에 끌어다 놓으며 깍두기 두 개를 더 먹었어요.

"매운 거 싫어!"

해리는 새치름한 표정을 지었어요.

그때, 아빠의 휴대 전화 벨이 울렸어요.

"네, 어머니! 아, 좀 늦으신다고요?"

아빠 얼굴이 어두워졌어요.

"아, 30분 정도야 할머니 혼자 계실 수 있겠죠."

아빠 얼굴이 조금 환해졌어요.

"해리야, 할머니가 조금 늦으신대. 너 혼자
유치원에 가야 해. 9시 알지?"

아빠는 넥타이를 한 번 더 살피더니 양복
윗도리를 휘돌려 입고, 허둥지둥 구두를
신었어요.

"안 늦어. 걱정하지 마."

해리가 현관에 서서 시계를 힐끔 올려다보고는
아빠를 향해 손을 흔들었어요.

차르륵, 현관문 잠기는 소리가 들리자 집 안이
조용해졌어요.

2. 맛 좋은 콩 과자

뚱자는 소파 아래에 엎드려 개껌을 잘근잘근
물어뜯고 있었어요.

해리는 다시 식탁 의자에 앉았어요. 그러고는
소고기 뭇국을 한 숟가락 떠먹었지요.

"맛없어."

해리는 숟가락을 탁 소리 나게 내려놓았어요.
그러고 나서 국그릇을 죽 밀쳤지요.

시금치나물이랑 두부조림도요. 아빠가 맛있게
먹던 깍두기도 밀쳤어요. 그런데 너무 세게
밀쳤는지, 깍두기 통이 식탁 아래로 떨어졌지
뭐예요. 마룻바닥에는 시뻘건 깍두기 국물이
흥건했어요. 네모난 무들은 여기저기 흩어졌고요.
시큼한 깍두기 냄새가 풀풀 풍겼어요.

"어떡해."

해리는 코를 움켜쥐고는 어쩔 줄 몰라 했어요.
어느새 다가온 뚱자는 시뻘건 깍두기 국물에 코를
박고 킁킁거리더니, 깜짝 놀란 듯 온몸을 부르르
떨었어요.

"휴지! 휴지가 어디 있지?"

해리는 코를 쥔 채 화장실로 퉁탕퉁탕
뛰어갔어요. 화장실에 걸려 있는 두루마리
휴지를 둘둘 풀었어요. 해리는 휴지로 깍두기
무를 하나씩 집어 쓰레기통에 넣었어요. 남은

휴지로 국물도 쓱쓱 닦았지요. 테라스 창문을
활짝 열었더니, 시원한 바람이 들어오면서 깍두기
냄새가 사라졌어요.

"휴우."

해리는 숨을 한 번 크게 내쉬면서 손을 탈탈
털었어요.

냉장고 문을 열어 이것저것 뒤져 보았어요. 배
속에서 꼬르륵꼬르륵 요란한 소리가 났거든요.

하지만 해리가 먹고 싶은 음식은 하나도
없었어요.

뚱자가 물어뜯던 개껌을 뱉어 내고는,
투실투실한 엉덩이를 흔들며 해리에게
다가왔어요. 쩝쩝 입맛을 다시는 걸 보니 뚱자도
배가 고픈 것 같았어요.

"여기 잔뜩 있는데 왜 안 먹어?"

해리는 사료가 소복이 쌓인 뚱자 밥그릇을 보며
고개를 갸우뚱했어요.

"자!"

해리는 동글동글 콩처럼 생긴 사료 한 알을
집어 뚱자 입에 갖다 댔어요. 뚱자가 큼큼 냄새를
맡더니 슬금슬금 뒷걸음질 쳤어요.

"왜, 맛이 없어?"

해리는 사료를 요리조리 살펴보았어요. 냄새도
맡아 보았지요.

"꼭 콩같이 생겼네?"

해리가 사료 한 알을 입안에 넣고 오물오물 씹었어요.

"음, 고소해."

바사삭 부서지는 게 정말 과자 같았어요.

"음, 옥수수 맛이야. 고기 맛도 나는걸?"

"아! 이건 사과 맛. 치즈도 들어 있어."

"좋아, 이건 블루베리 맛."

해리는 한 알 한 알 와작와작 소리를 내며 자꾸자꾸 먹었어요.

"콩 과자는 맛있어!"

해리가 활짝 웃으며 두 팔을 벌리고 소리쳤어요.

뚱자가 귀를 쫑긋, 꼬리를 바짝 세웠어요. 고개를 갸웃갸웃하면서 말이죠.

3. 콩 과자를 먹었더니!

"깡깡! 깡깡!"

뚱자가 무슨 일이라도 난 것처럼 날카롭게 짖어 댔어요.

"아! 배가 고프구나."

해리는 식탁으로 달려갔어요. 뚱자가 꼬리를 흔들며 해리 주위를 맴돌았어요.

"내가 네 거 먹었으니까 너는 내 거 먹어."

해리가 뚱자 앞에 국그릇을 놓아 주었어요.
뚱자는 해리를 힐끔 쳐다보았어요. 그러고는
그릇에 얼굴을 묻더니, 눈 깜짝할 사이에
국 한 그릇을 뚝딱 비웠어요.

"밥 줘."

또할머니 목소리가 들릴락 말락 했어요. 해리가
방문을 열었어요. 또할머니는 엉덩이를 들썩이며
주춤주춤 일어나려다 도로 주저앉았어요.

"배고파."

또할머니 목소리가 축 가라앉았어요.

"저는 콩 과자를 많이많이 먹어서 이렇게
배부르거든요."

해리가 볼록 나온 배를 둥둥 두드리며 어깨를
으쓱였어요. 그러고는 방문을 닫고 마루를
폴짝폴짝 뛰어다녔지요.

"밥 줘, 밥 줘."

또할머니 목소리가 소곤거리듯이 들렸어요.
해리가 다시 방문을 열었어요. 또할머니가
이번에는 이불 위에 벌렁 누워 있었어요.

"배고파."

또할머니는 눈만
멀뚱멀뚱했어요.

해리는 또할머니가 아프다는
말이 떠올라 가여운 생각이
들었어요.

"그럼 맛있는 콩 과자
먹을래요?"

해리는 뚱자 밥그릇을

들고 왔어요. 그러고는 또할머니를 있는 힘껏
일으켜 앉혔어요.

"자, 먹어요. 콩 과자예요."

해리가 또할머니 앞에 뚱자 밥그릇을
들이밀었어요. 또할머니는 콩 과자를 멀거니
바라보았어요.

"빨리 먹어요."

해리가 콩 과자를 한 알씩 집어 또할머니 입에
쏙쏙 넣었어요. 한참을 우물거리던 또할머니가
갑자기 캑캑거렸어요. 얼굴도 벌게졌어요.
콩 과자가 목에 걸렸나 봐요.

"아, 국물! 또할머니는 국물이 있어야 해."

해리는 얼른 부엌으로 달려가 냉장고에서
우유를, 수저통에서 숟가락을 꺼내 왔어요.

뚱자 밥그릇에 우유를 부으니 콩 과자가 사르르
풀렸어요. 해리는 또할머니 손에 숟가락을 쥐여

주고는 퉁탕거리며 마루로 나왔어요. 뚱자도
쪼르르 뒤따라왔어요.

해리가 시계를 보며 깜짝 놀랐어요.

"뚱자야, 나 빨리 유치원 가야 해. 자, 봐!
작은바늘이 9에 가 있지?"

해리가 서랍장에서 양말을 꺼내 들었어요.

그 순간, 머리가 팽그르르 도는 것 같았어요.
해리는 마루에 털썩 주저앉았어요.

"어, 왜 이러지?"

눈을 몇 번 깜빡인 해리가 다시 양말을 집어
들었어요.

"내 발이 왜 이래?"

아니 글쎄, 해리의 발등이 온통 털로 덮여
있는 게 아니겠어요? 그뿐만이 아니었어요.
손등에도 털이 북슬북슬했어요. 해리는 깜짝 놀라
마루 한쪽에 있는 기다란 거울 앞으로 갔어요.
거울 속에는 뚱자 같은 조그마한 개 한 마리가
있었어요.

"엄마아!"

해리는 풀썩 쓰러져 발을 버둥거리며 울었어요.

"해리야!"

어디선가 상냥한 목소리가 들렸어요.

"누구야?"

해리는 깜짝 놀라 주위를 도리반도리반
둘러보았어요. 하지만 아무도 보이지 않았어요.

"나야, 뚱자."

뚱자가 살래살래 꼬리를 흔들면서 해리 주위를

빙글빙글 돌았어요.

"너, 어떻게 말을 할 줄 알아?"

해리가 눈을 동그랗게 떴어요.

"네가 내 말을 알아듣는 거야."

뚱자는 좋아서 어쩔 줄 몰라 했어요. 입을
헤벌리고는 마루에 발라당 누워 몸을 바둥바둥
흔들었지요.

"정말? 우리 이제 말이 통하는 거야?"

순간 무서웠던 마음이 싹 달아났어요. 해리와
뚱자는 서로 부둥켜안고 제자리에서 통통
뛰었어요.

4. 와, 정말 신나요!

네발로 살금살금 걸어 보니 정말 신기했어요.
식탁 밑으로, 의자 밑으로 마음껏 다닐 수
있었거든요. 해리와 뚱자는 서로의 꼬리를
물려고 뱅글뱅글 돌며 장난을 쳤어요. 온 집 안
구석구석을 휘젓고 다니며 신나게 놀았지요.

"내가 제일 좋아하는 거야."

뚱자가 공 하나를 입에 물었어요.

해리가 쫓아가자 뚱자는 한참을 도망 다녔어요.
"자, 받아!"
뚱자가 던진 공이 떼구루루 굴러갔어요.
하필이면 소파 밑으로요. 해리는 거북이처럼 몸을
납작하게 만들어 앙금앙금 소파 밑으로 기어들어
갔어요.

소파 밑은 보물 창고였어요. 사라진 물건들이
고스란히 다 있었어요.

장난감 자동차도 있었고, 백설 공주 머리띠도
있었어요. 500원짜리 동전, 그리고 아빠 양말
한 짝도 있었어요. 먼지를 뽀얗게 뒤집어쓴 채
말이죠. 어머나! 며칠 전에 감쪽같이 사라진
엄마의 유에스비(USB)도 여기 있었어요.
유에스비가 없어졌다고 엄마가 난리를 피우는
통에 집 안이 발칵 뒤집혔었는데.

해리는 물건들을 하나하나 발로 당겨 소파

밖으로 끄집어냈어요. 공은 힘차게 굴렸지요.
소파 밑에서 나온 해리는 먼지투성이였어요.
코가 간질간질하더니 재채기가 났어요. 해리가
온몸을 푸르르 떨자 털에 엉겨 있던 먼지가 폴폴
날렸어요.

해리는 공을 입에 물고 엄마 아빠 침대 위로
팔짝 뛰어올랐어요.

"안 돼! 침대 위에 올라가면 혼나."

뚱자가 침대 아래에서 살래살래 고개를
흔들었어요.

"괜찮아."

해리와 뚱자는 침대 위에서 비비적거리며
뒹굴었어요. 하얀 침대보 속으로 들어가
숨바꼭질도 했지요. 해리가 기어들어 가 숨으면
뚱자가 찾아냈어요. 뚱자가 숨으면 해리가 곧
찾아냈지요. 둘은 이리저리 왔다 갔다, 씨름을

하듯 뒹굴다가 쿵! 하고 침대 아래로 떨어졌어요.

"헉헉!"

해리와 뚱자는 숨을 할딱거리며 까르르 웃었어요.

다음은 공놀이였어요.

해리가 발로 찬 공이 화장대로 떨어지면서 화장품들이 와르르 쓰러졌어요. 깜짝 놀란 해리와 뚱자의 눈이 똥그래졌어요.

"어쩌지?"

"괜찮아."

해리는 엄마 화장품을 마구 헤집었어요. 뚱자는 엄마 헤어롤을 덥석 물었어요.

"나도 엄마처럼 해야지."

해리는 엄마 선글라스를 머리 위에 올려 꽂았어요. 뚱자가 물고 있는 헤어롤에도 머리를 갖다 댔지요. 그러자 헤어롤이 척척

달라붙었어요.

"조금 이따가 풀면 엄마처럼 고불고불
파마머리가 되어 있겠지?"

해리는 뚱자와 함께 옷장 문을 열었어요.
스르륵 하고 문이 활짝 열렸지요. 둘은 옷장 안에
들어가 구석구석 어지럽혔어요. 옷걸이에 걸린
엄마 옷과 아빠 넥타이가 술술 흘러내렸어요.
해리 소원이 다 이루어진 것 같았어요. 늘 이렇게
실컷 놀고 싶었거든요.

5. 달려라, 달려!

옷장 속에서 한바탕 신나게 논 해리와 뚱자는
다시 거실로 나왔어요. 그때, 어디선가 위이잉!
소리가 들렸어요. 그건 바로 '발발이'였어요.
발발이는 시간만 되면 여기저기 돌아다니면서
먼지를 척척 빨아 먹는 로봇 청소기예요.

발발이는 해리 집에 온 지 이틀밖에 되지
않았어요. 그래서인지 해리는 발발이가 무척

낯설었어요.

발발이가 요란한 소리를 내며 해리를 향해
거침없이 달려오고 있었어요. 해리는 더럭
겁이 났어요. 얼른 소파 구석에 몸을 숨긴 채
고개를 빼꼼히 내밀었어요. 그러고는 발발이를
살펴보았지요.

해리는 발발이가 가까이 올수록 가슴이
벌렁벌렁 뛰고, 털이 주뼛주뼛 섰어요.
해리는 발바닥으로 얼굴을 가렸어요. 너무나
무서웠거든요. 하지만 겁쟁이처럼 숨으면 안
되겠다는 생각이 들었어요.

해리는 크게 한 번 숨을 내뱉고는 주먹을 불끈
쥐었어요. 그러고는 발발이 앞으로 나가 당당히
맞섰어요. 꼬리를 바짝 세우고 눈을 최대한 크게
부릅떴지요. 하얀 이빨을 드러내며 한껏 사나운
표정을 지었어요.

그런데 위이잉! 소리를 내며 달려오던 발발이가
해리 앞에 우뚝 멈춰 서는 게 아니겠어요?

길을 턱 막고 용감하게 서 있는 해리를 보고
놀란 것 같았어요. 발발이는 잠시 멈칫하더니,
걸음아 날 살려라 뒤돌아 도망쳤어요.

"별것도 아닌 게!"

해리는 턱을 치켜들고는 뚱자를 향해 눈을
찡긋했어요. 뚱자는 소파에 길게 엎드린 채
되록되록 눈만 굴렸어요.

"어때, 봤지?"

해리가 입꼬리를 살짝 올리며 엉덩이를
할랑할랑 흔들었어요.

그때였어요. 발발이가 다시 되돌아오고

있었어요. 아까보다 훨씬 더 무시무시한 소리를
내면서 달려오는 걸 보니 꽤나 분했었나 봐요.

해리는 뾰족뾰족 날카롭게 털을 세웠어요.
코에서 풍풍 바람 소리도 냈어요. 발발이가 점점
가까이 다가오고 있었어요.

그런데 갑자기 뚱자가 몸을 날리더니, 발발이
등 위에 펄쩍 올라탔어요. 발발이는 뚱자를
태우고는 아무렇지도 않은 듯 유유히 해리 앞을
지나쳤어요.

해리는 너무 놀랐어요. 숨이 컥 막히는 것 같아
온몸을 푸르르 떨었지요.

"야호!"

뚱자는 기분이 좋은지 벙시레 웃었어요.
코는 벌름벌름, 눈은 빤질빤질 빛이 났어요.
뚱자를 태운 발발이는 조르르조르르 마루를
돌아다녔어요. 해리는 뚱자를 얼마나
따라다녔는지 눈이 뱅글뱅글 도는 것 같았어요.

"자!"

해리는 얼떨결에 뚱자가 내민 발을 잡았어요.
해리는 몸에 날개가 달린 듯 가볍게 발발이
등에 올라탔어요. 발발이가 힘에 겨운 듯
털거덕거렸어요. 뚱자가 사뿐 뛰어내리자,
발발이는 몸을 몇 번 꿈틀거리더니 아무 일도
없었다는 듯 다시 위이잉! 소리를 내며 달렸어요.

해리는 겁이 나서 발발이 등을 꼭 잡고는
몸을 한껏 움츠렸어요. 마른침을 꼴깍 삼켰어요.
하지만 그건 잠시였어요. 곧 해리의 입도 헤벌쭉

벌어졌어요. 너무 신이 났거든요. 발발이가
요리조리 미끄러지듯 달려갈 때는 가슴이
옴찔옴찔했어요.

"더 신나게 달려, 달려!"

해리는 두 발로 꼿꼿이 서서 아슬아슬하고
짜릿한 기분을 온몸으로 느꼈어요.

정말로 하늘을 나는 기분이었어요.

6. 땅속에서 보물을 캐다

　해리와 뚱자는 엉덩이를 할랑거리며 마당으로
나갔어요. 밝은 햇살에 눈이 부셨어요. 해리는
얼른 엄마 선글라스를 썼어요. 살랑살랑 바람이
불자, 향긋한 라일락 향이 콧구멍을 간질였어요.
　해리는 찬찬히 주위를 둘러보았어요. 라일락
나무도, 감나무도 하늘에 닿을 정도로 거인같이
커 보였어요. 활짝 핀 튤립도 어찌나 키가 큰지,

기다란 꽃대만 보일 뿐 꽃은 보이지 않았어요.
 해리는 고개를 갸웃갸웃하며 땅을 밟았어요.
촉촉한 느낌이 참 좋았어요. 해리는 땅바닥에
착 엎드렸어요. 땅의 힘찬 기운이 몸 안으로
들어오는 것 같았어요. 해리는 뒹굴뒹굴하며

몸을 땅바닥에 비볐어요. 온몸이 시원했어요.
해리는 풍선에 매달린 것처럼 둥둥 떠 있는
기분이었어요. 슬며시 눈을 감으니 흥얼흥얼
콧노래도 나왔어요.
　그때, 어디선가 땅이 무너지는 소리가

들렸어요. 해리가 눈을 번쩍 뜨고는 발딱
일어났어요. 뚱자가 담벼락 후미진 곳에서 땅을
파헤치고 있었어요. 해리는 깜짝 놀랐어요.

"두더지처럼 구덩이는 왜 파는 거야?"

뚱자는 입을 꾹 다문 채 정신없이 땅만
팠어요. 흙이 이리저리 튀었고, 뚱자의 몸은
흙투성이였어요.

그 모습이 무척 재미있어 보였어요. 그래서
해리도 뚱자를 따라 땅을 팠어요. 몸과 얼굴에
흙이 마구 튀었지요. 해리는 금세 흙강아지가
되었어요. 흙을 파헤치는 건 아주 재밌는
일이었어요. 해리는 신이 났어요. 땅속에서
보물이 나올 것만 같았어요. 벌레들이 슬금슬금,
지렁이가 꼼지락꼼지락 밖으로 기어 나왔어요.

해리는 잠깐 움찔했지만, 다시 땅을 파는
일에만 집중했어요. 한참 땅을 파헤치던 해리는

헉헉거리며 발라당 나자빠졌어요. 땅을 파는 건
무척 힘든 일이었어요. 하지만 뚱자는 계속해서
혼자 땅을 팠어요.

"찾았다!"

뚱자가 입꼬리를 올리며 웃었어요. 얼마나
열심히 팠는지 침이 질질 흐르는 것도 몰랐어요.
온몸에 흙이 엉겨 뚱자는 흙덩이처럼 보였어요.
반질거리는 까만 눈만 보였지요. 해리는 뚱자가
파헤친 구덩이를 들여다보았어요. 거기에는
번쩍번쩍 빛나는 황금이 있었어요. 해리는 심장이
벌렁벌렁했어요.

"와, 보물이다!"

해리는 쓰고 있던 선글라스를 집어 던지며
환호성을 질렀어요.

뚱자가 신이 나서 흙을 마저 파헤쳤어요.
그곳에 황금 안경이 있었어요. 황금 안경은

질척질척한 흙으로 범벅이었어요. 흙을 살살 털어
내니 뻔쩍뻔쩍 빛이 되살아났어요.

"이것 봐, 진짜 황금이야."

"아니야."

뚱자가 꼬리를 축 늘어뜨리며 심드렁하게
말했어요.

"보물 맞다니깐! 땅속에서 보물 캐내는 거
텔레비전에서 봤단 말이야."

해리가 앞발을 쳐들며 호들갑을 떨었어요.

"이건……."

뚱자가 입을 쑥 내민 채 실룩거렸어요.

"이건 또할머니 돋보기안경이야."

"뭐라고?"

해리는 깜짝 놀라 쿵! 하고 엉덩방아를
찧었어요.

"또할머니가 네 인형을 자꾸만 가져가잖아.

그래서 인형을 뺏으려고 바짓가랑이를 물고
늘어졌더니, 나를 발로 세게 걷어찼어.”
　뚱자가 허연 송곳니를 드러내며
으르렁거렸어요.
　“내 몸이 붕 떠서 바닥에 나동그라졌단 말이야!
얼마나 아팠는데…….”
　“그랬구나. 많이 아팠겠다.”
　해리가 뚱자의 발등을 핥아 주었어요.
　“그래서 내가 또할머니 돋보기안경을 여기다
숨겨 놨어.”
　뚱자가 코를 훌쩍이며 힘없이 몸을 웅크렸어요.
몸을 파르르 떨기도 했어요.
　해리가 갑자기 고개를 치켜들고 꼬리를 바짝
세웠어요. 화가 났는지 온몸의 털이 바늘처럼
뾰족하게 곤두섰어요. 부릅뜬 눈에서는 강한
레이저가 나올 것 같았어요.

"또할머니를 공격하자!"

해리는 우렁찬 목소리로 말했어요. 유치원
친구가 가끔 이렇게 외치거든요. 오른팔도 번쩍
들면서 말이죠. 해리는 용감해 보이는 그 친구를
흉내 내면서 팔을 쭉 뻗었어요.

7. 또할머니를 공격하자!

그때였어요.

또할머니가 인형을 물고 마당 한가운데에 서 있었어요. 또할머니 몸에도 털이 나 있었는데, 군데군데 엉켜서 지저분해 보였어요.

해리는 또할머니를 보자 심장이 벌렁벌렁 뛰었어요.

"내 인형이에요!"

해리가 또할머니에게 쏜살같이 달려갔어요.
또할머니는 잽싸게 살구나무 아래로 몸을
피했어요. 인형을 어찌나 흔들어 댔는지 인형
머리카락이 다 헝클어졌어요.

"내 거 내놔요!"

해리가 달려가 인형을 빼앗으려는 순간, 그만
돌부리에 걸려 넘어졌어요. 해리는 얼굴을
찡그리며 울상을 지었어요.

"괜찮어?"

또할머니가 인형을 발아래 내려놓고는 눈을
되록되록 굴리며 걱정스레 말했어요.

"해리 거 내놔요!"

이번에는 뚱자가 또할머니에게 매섭게
달려들었어요. 또할머니는 당황해 어쩔 줄 몰라
절절매더니 다시 인형을 입에 물고는 꽃밭으로
뛰어갔어요. 해리와 뚱자는 앙하고 송곳니를

드러내며 뒤쫓아 갔어요. 또할머니는 꽃밭을
들쑤시며 이리저리 도망 다녔어요. 튤립들이
힘없이 툭툭 꺾였어요. 노란 민들레도, 보랏빛
제비꽃도 다 뭉개졌어요.

또할머니는 구석진 모퉁이로 몰렸어요. 주위는
가시 달린 장미로 둘러싸여 있었어요. 해리와
뚱자가 조촘조촘 다가갔어요. 장미꽃 가시가 엄청
따가웠지만 참을 수 있었어요. 해리와 뚱자는
또할머니 앞을 가로막으며 으르렁거렸어요.

"인형 내놔요!"

해리가 앞발을 들고 겅중거리며 사납게
소리쳤어요.

또할머니는 많이 지쳐 보였어요. 침을 질질
흘리며 숨을 헉헉 몰아쉬었어요.

"그만 가!"

또할머니가 땅바닥에 털썩 주저앉았어요. 입에

물고 있던 인형이 툭 떨어졌어요. 해리는 얼른
인형을 잡아채고는 고개를 빳빳이 쳐들었어요.

해리는 차박차박, 걸어서 집 안으로
들어갔어요. 뚱자도 엉덩이를 쳐들고는
우쭐거리며 따라 들어왔어요.

해리는 물을 마신 뒤 소파에 널브러졌어요.
학학거리며 숨을 골랐어요. 물론 인형을 꼭
끌어안고서요. 뚱자는 소파 아래에 엎드려 개껌을
잘강잘강 씹고 있었어요.

창문으로 햇살이 들어왔어요. 졸음도 사르르
밀려왔지요. 해리는 까무룩 잠이 들었어요.

"이리 내."

또할머니가 해리의 인형을 물고 흔들었어요.

해리는 기겁하며 눈을 떴어요. 또할머니는 코를
벌름거리며 누런 이를 드러냈어요. 당장이라도
달려들 기세였어요.

"안 돼요!"

해리는 인형을 꼭 물고
꼬리를 바짝 세웠어요.
또할머니가 해리를 와락
덮쳤어요. 해리는 빠져나가려고
발버둥을 쳤지만, 또할머니의 힘이 어찌나
센지 소용이 없었어요. 해리는 숨이 막혀 몸을
버둥거렸어요.

'엄마!'

캑캑 소리만 날 뿐, 아무 소리도 나오질 않았어요.

"아야!"

또할머니가 갑자기 고함을 치면서
나동그라졌어요. 뚱자가 또할머니 다리를
앙하고 문 거예요.

"이눔이!"

또할머니는 화가

머리끝까지 솟았어요.

　뚱자는 벌써 저만치
도망치고 있었어요.
또할머니가 뚱자를 잡으러
뛰어가다가 마룻바닥에 펼쳐져
있는 신문을 밟아 미끄러졌어요.
비척거리며 다시 일어섰지만, 뜨개질 바구니에
걸려 또 넘어졌어요. 바구니에서 실타래가
데구루루 굴러가면서 아빠 조끼가 술술 풀려
나갔지요. 해리는 그 모습을 보고 깔깔
웃었어요.

　또할머니는 해리가 물고 있는 인형을 보자,
"순영아!" 하고 외치며 기를 쓰고 달려들었어요.
　해리는 뚱자에게 얼른 인형을
넘겼어요. 그때, 또할머니가 잽싸게
뚱자를 덮쳤어요.

"해리야, 받아!"

뚱자가 해리 쪽으로 인형을 있는 힘껏 홱 던졌어요. 인형이 창문 밖을 향해 거침없이 날아갔어요. 해리는 인형을 잡으려고 몸을 날렸어요.

"안 돼, 순영아!"

슨영아

또할머니 목소리가 어찌나 큰지 집이
쩌렁쩌렁하게 울렸어요.
"엄마!"
해리가 창문턱에 간당간당 매달려 바둥거리고
있었어요.

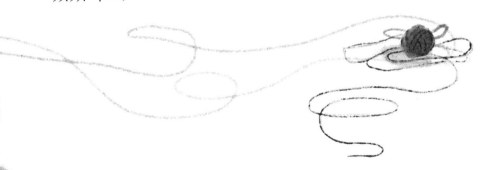

8. 막냉이 순영이

또할머니가 날아와 해리를 힘껏 잡아챘어요.

"에구, 이것아!"

또할머니는 해리를 부둥켜안자마자 그 자리에 털썩 주저앉았어요. 해리는 아무 말도 못 하고 바들바들 떨기만 했어요.

"이제 됐다."

또할머니가 해리를 살살 핥아 주었어요.

"내가 순영이는 못 구했어도……."

또할머니가 훌쩍였어요. 해리는 그제야
큰 소리로 울음을 터뜨렸어요.

"으아앙!"

"괜찮다."

또할머니는 해리를 한참 동안 꼭 안아
주었어요. 해리의 마음이 차츰 가라앉았어요.

"순영이가 누구예요?"

해리가 눈물을 닦으며 물었어요.

"우리 막냉이."

또할머니 눈가가 눈물로 축축했어요.

"막냉이가 또할머니 아가예요?"

"그려."

또할머니는 한숨을 크게 쉬며 창밖의 먼 하늘을
보았어요.

"우리 순영이가 아장아장 이제 막 걸음마

할 때였지. 된장 푸려고 장독대에 올라갔어.
옛날에는 창고 위에 장독대가 있었거든. 거기는
층계로 올라가야 했는데, 층계가 얼마나 높은지
내려올 적마다 다리가 후들거렸지."

또할머니는 고개를 세게 흔들었어요.

"내가 된장을 푸고는 내려가려는데……."

또할머니의 목소리가 가늘게 떨리기
시작했어요.

"걸음도 잘 못 걷는 순영이가 발발 기어서
층계를 하나하나 올라오고 있지 뭐냐."

또할머니가 계속 코를 훌쩍였어요. 해리는
가슴이 조마조마해서 숨이 막힐 것 같았어요.

"내가 기겁해서 고함을 쳤지."

또할머니는 흠흠, 하며 여러 번 헛기침을
했지만 여전히 떨리는 목소리였어요.

"얘가 내 목소리를 듣더니 '엄마, 엄마!' 하고

삑삑 울면서 허둥허둥 기어오르는 거야. 그러다
그만……."

또할머니는 그다음 말을 잇지 못했어요.
해리의 털이 밤송이처럼 뾰족뾰족 솟았어요.

자리에서 일어나 이리저리 비틀대던
또할머니는 소파에 가 풀썩 앉았어요.

해리는 우두커니 앉아 있었어요. 뚱자가 해리
쪽으로 떼구루루 공을 굴렸지만 하나도 신나지
않았어요.

한참을 소파에 앉아 있던 또할머니가 주춤주춤
일어나 화장실로 갔어요.

"괜찮아요?"

해리도 또할머니를 따라 화장실에 들어갔어요.
또할머니가 오줌을 누었고, 해리도 또할머니를
따라 나란히 오줌을 누었어요.

"오줌 눈 거야?"

뚱자가 뾰로통한 얼굴로 말했어요.

"응."

"자, 봐! 네 몸에서 점점 털이 없어지고 있어.
키도 커지고 있잖아."

뚱자가 시무룩한 표정으로 눈만 끔벅였어요.

"왈왈."

"뚱자야, 왜 짖어? 아까처럼 말을 해야지."

갑자기 해리의 눈꺼풀이 무겁게 내려앉았어요.
도저히 눈을 뜰 수가 없었어요. 아함! 해리가
마룻바닥에 엎드려 하품을 했어요.

드르렁드르렁, 요란한 소리가 들렸어요.
또할머니는 벌써 깊은 잠에 빠져 있었어요.

9. 털이 나서  그랬어

쿵당쿵당!

"해리야!"

엄마가 울상을 지으며 헐레벌떡 뛰어
들어왔어요.

"왜 문이 열려 있다니……."

할머니가 현관문을 열며 중얼거렸어요. 그러다
엄마를 보고 당황해하며 시계를 올려다보았어요.

"아니, 몇 신데 아직도 출근을 안 한 거야?"

"유치원에서 전화가 왔지 뭐예요. 암만 기다려도 아이가 안 온다고요. 얼마나 깜짝 놀랐는지."

엄마는 해리 몸을 이리저리 살피더니 부둥켜안았어요.

"아니, 혼자 잘 다니던 애가 웬일이래?"

할머니는 해리를 보더니 눈이 휘둥그레졌어요. 마루에서 잠든 또할머니를 보고는 또 한 번 깜짝 놀랐어요.

"잘 걷지도 못하는 양반이, 이게 무슨 일이라니."

할머니와 엄마는 또할머니를 방에다 편하게 눕혔어요.

"도대체 무슨 일인지. 이게 왜 여기 있는 거야."

할머니는 또할머니 방에서 뚱자 밥그릇을 들고 나왔어요.

엄마가 잠든 해리에게 얇은 담요를 덮어

주었어요. 그러고는 집 안을 둘러보았어요. 온통
뒤죽박죽 난리였어요.

"어휴, 냄새. 뚱자야, 무슨 쉬를 이렇게 많이
했니?"

화장실에 들어간 엄마는 솔로 바닥을 문지르며
뚱자를 나무랐어요.

"깡깡!"

뚱자가 꼬리를 한껏 세우고 사납게 짖었어요.

"엄마."

해리가 환한 얼굴로 잠에서 깼어요.

엄마는 화장실 청소를 하다 말고 달려 나와
해리를 꼭 끌어안았어요.

"유치원 가다가 무슨 일 난 줄 알고 엄마가
얼마나 놀랐는지 알아?"

"털이 나서 그랬어."

"무슨 말이야? 엄마가 작은바늘이 숫자 9에 가면

유치원 가라고 했잖아."

엄마가 눈을 부릅뜨며 엄한 얼굴을 했어요.

"털이 나서 그랬다니까."

해리는 까만 눈을 말뚱거렸어요.

"꿈꿨어?"

"아이참, 진짜야."

"근데 이게 뭐야? 뚱자가 털갈이하나?"

엄마는 중얼거리며 해리 바지에 달라붙은 털을
한 가닥씩 잡아떼었어요.

해리가 엉덩이를 흔들며 깔깔 웃었어요.

"우리 강아지, 노느라 유치원 가는 것도
까먹었어?"

할머니가 두 팔을 벌리고 서 있었어요.

"할머니!"

해리가 냉큼 달려가 할머니 품에 안겼어요.

"이게 뭘까? 할미가 해리 주려고 갖고 왔는데."

할머니가 가방에서 뭔가를 꺼냈어요.

"어, 내 인형이다!"

해리는 인형을 들고
폴짝폴짝 뛰었어요.

"할미가 들어오는 길에 주워 왔지. 마당에 떨어져 있더구나."

할머니는 빙긋 웃었어요.

"참, 어멈아, 이틀 뒤에 우리 집으로 할머니 모시고 간다."

"그때쯤이면 집수리가 다 끝난대요?"

엄마 얼굴이 저녁노을 빛처럼 발그레했어요.

"그동안 고생 많았다. 오늘 아침에 집수리하는 분들하고 마무리 일로 잠시 이야기 나누느라 좀 늦었구나."

할머니가 살짝 미안했는지, 배시시 웃었어요.

"안 돼요! 또할머니 가면 안 돼!"

해리가 또할머니 방문을 막아섰어요. 그러고는 방 안으로 잽싸게 들어갔어요.

"자! 순영이요."

해리가 자기 인형을 또할머니 품에 안겨

줬어요.

"쟤가 웬일이래요?"

엄마와 할머니 입이 헤벌쭉 벌어졌어요.

"뚱자야, 우리는 황금 안경 찾으러 가자!"

해리가 현관문을 박차고 나갔어요.

환한 햇살이 마당 가득 머물렀어요.